터덜터덜 건너온 붉은 낙타처럼

수우당 동인지선 008

터덜터덜 건너온 붉은 낙타처럼

초판발행일 | 2024년 9월 10일

지은이 | 김시탁 김일태 민창홍 성선경 이기영 이달균 이서린 이월춘
펴낸곳 | 도서출판 수우당
펴낸이 | 서정모
주 소 | 51516 창원시 성산구 외동반림로 126번길 50
전 화 | 055-263-7365
팩 스 | 055-283-8365
이메일 | dlp1482@hanmail.net
출판등록 | 제567-2018-7호(2018.2.12)

ISBN 979-11-91906-33-2-03810

값 10,000원

＊이 시집은 경남문화예술진흥원에서 제작비를 지원 받았습니다.

터덜터덜 건너온 붉은 낙타처럼

시문학연구회 하로동선夏爐冬扇 시집 9

수우당

올해가 시문학연구회 [하로동선]이 출발한지
꼭 십 년이 된다
참 부지런히도 동인지를 내고
어깨를 걸고 서로 부축하며 걸어왔으나
아직도 부족함을 많이 느낀다
내년에는 어찌
새로운 활로를 한 번 찾아봐야겠다
힘에 부대끼는 동인이 있다면
앞에서 끌며
뒤에서 밀며
더 먼 길을 가야 하리라.

-하로동선 일동

| 차 례 |

김시탁

김일태

민창홍

성선경

이기영

이달균

이서린

이월춘

김 시 탁

- 경북 봉화 출생
- 2001년 「문학마을」 등단
- 시집으로 『아름다운 상처』, 『봄의 혈액형은 B형이다』,
『술 취한 바람을 보았다』, 『어제에게 미안하다』, 『곰탕』
산문집으로 『길은 그림움 쪽으로 굽는다』가 있다
- 경남 올해의 젊은 작가상, 창원시문화상,
초대 시향문학상을 수상했다.
- 창원문인협회 회장과 창원예술문화단체총연합회
회장을 역임했다

잔디만 살리는 약

잔디밭에 잔디 빼고 다 죽는다는 약 쳤습니다
풀 죽이는 약인데 잔디는 죽지 않는답니다
토끼풀 애기똥풀 제비꽃 민들레 모두
전멸한답니다
잔디만 살고 애기똥풀은 똥을 싸고 죽는답니다
잔디만 살고 토끼 제비 일편단심 민들레는 죽는답니다
그런 약을 마당 잔디밭에 쳤습니다
'좀 골고루 쳐요' 아내가 골고루 죽이랍니다
그르렁그르렁 분무기가 사약을 뿜었습니다
잔디만 살고 다른 것들 다 죽는데 나흘 걸렸습니다
잔디만 산 마당에서 고기를 먹었습니다
돼지고기를 골고루 구워 먹었습니다

왼쪽이 아프다

머리 목 어깨 등
왼쪽이 아프다
오른쪽은 괜찮은데 왼쪽이 아프다

왼쪽 생각 가슴 뇌
모로 누운 왼쪽 꿈

왼쪽이 아프니 이빨도 아픈가
이빨이 아프니 말도 아픈가
왜 아픈지 물어볼 수도 없다

개가 바뀌었다

큰 개가 사라지고 그 자리에
겨우 젖 뗀 강아지 한 마리
목줄에 묶여 있었다

개는 어디로 갔을까

개는 바뀌었고 하루에 한 번씩
트럭을 몰고 와 먹이를 주는
기름기 번들거리는 구릿빛 사내

감나무에 묶인 강아지는
덜 익은 감을 가지고 논다

시퍼렇게 떫은 시간이
굵고 있었다

가을 밤

쇠 수세미로 양은 냄비 닦는 소리로 귀뚜라미가 울던 밤
아버지가 무덤에서 나와 산초기름을 바른 후라이펜을
가스렌지
중불에 올려놓고 노르스름한 가을을 굽고 있었다

먹어봐 굵은 소금을 찍어 자근자근 씹어봐

나는 덜 익어 벌겋게 피가 흐르는 단풍을 나무젓가락으로
이리저리 뒤적거렸다
아무래도 비린내가 나는 것 같다고 아내가 입덧을 하더니
서른 두 살 먹은 아들을 뱃속에 넣어 쓰다듬고 있었다

아버지가 가을을 지고 겨울 속으로 들어가셨다
산초기름을 바른 후라이펜 위에 떨어진 달이 타고 있었다
밤새도록 달그락 달그락 뼈만 남은 달이 울었다

이환회 화백

머리카락 한 올을 열 개로 쪼개 일 번부터 십 번까지
연필로 번호를 매길 수 있다

벼룩 똥구멍에 난 종기의 모양을 펜으로
그릴 수 있다

숨 쉬지 않아도 죽은 것이 아니다
심장에 연필심이 박혔을 때 나타나는 부정맥이다

육중한 비만의 저 사내는 누군가요

시가 마릅니다 바삭바삭 타들어가 먼지처럼 가볍습니다
바람을 받을 힘도 햇살을 안을 힘도 없습니다 이렇게 말라
뒤틀린 시에 드문드문 매달린 언어들이 비명을 지릅니다
살려달라고 애원을 하지만 살릴 재간이 없으니 아마 곧 말
라죽을 겁니다 시는 죽을 지경이지만 유서 한 장 쓸 힘도
없습니다 죽더라도 물려줄 재산도 없고 받을 자식도 없습
니다 생각해 보면 혈혈단신으로 참 오래 버티며 살았습니
다 남의 손 안 빌리고 밥벌이해서 굶지는 않았습니다 먹을
것이 없을 때는 쓰다가 남은 낱말을 부풀려 먹었습니다 기
름기는 없지만 허기는 채울 수 있었습니다 사람들에게 시
를 팔기도 했습니다 겉을 번지름하게 포장해서 몸에 좋다
고 사기를 쳤습니다

사기를 친 날 밤은 모로 누워도 잠이 오지 않아 술병을
빨며 울었습니다 눈물이 건조한 시를 잠시 적셔주기도 했
습니다 이제 눈물도 말랐습니다 어쩌면 눈물과 시는 생명
력이 같을지도 모르겠습니다 이제 시는 앙상한 뼈만 남았
습니다 밤중에 시의 뼈가 바람에 흔들려 달그락 달그락 거
립니다 한 사내가 잠을 설치고 뼈들을 수습합니다 육중한
비만의 저 사내는 누군가요

향기

장미꽃 피었는데 향기가 없습니다
담장에 장미꽃 붉게 피었는데
코를 갖다 대고 킁킁거리며 맡아도
냄새만 있습니다

가시에 찔린 바람의 발가락 피 냄새
비릿한 양수 냄새 그리고 모르는 냄새
담장에 장미꽃 흐드러지게 피었는데
향기는 없고 냄새만 있습니다

발갛게 충혈된 냄새
거기서 향기를 기대했나요
향기는 원래 냄새가 썩어서 뿜는 것
열심히 썩어간 것들의 살 냄새

내가 아는 그녀는

내가 아는 그녀는 나를 모른다

저 알아요? 그녀가 묻기까지
나는 그녀가 나를 모르는 줄 몰랐다

나는 그때부터 내가 아는 그녀를 모르기로 했다
시간이 지나니 정말 그녀가 누군지 모르겠다

저 모르세요!
모르는 여자가 말을 걸어왔다

웬수*

시골에 홀로 계신 팔순 노모는
현관에 똥 싸는 제비도 웬수
콩밭 조지는 길고양이도 웬수
밥그릇 엎는 누렁이도 웬수다

잔디마당 잡초도 웬수
창고 쥐새끼도 웬수
영감탱이 오줌 줄기 같은 수돗물
마카 웬수다 웬수

그중 제일 큰 웬수는 멧돼지
고구마밭 아작내고 봉분 파헤치는 멧돼지
영감이 있었으면 궁물도 없제
우째 잡아도 잡았을 것이여 암

아이고 애비야 우째 좀 해봐라

예초기에 기름 넣으며 생각했다
그나마 당신 곁에 웬수가 있어 다행이다

웬수와 싸우느라고 몸이라도 추스르니

*웬수

오른쪽도 아프다

왼쪽이 아프니 오른쪽도 아프다
멀쩡하던 오른쪽도 쑤신다

오른쪽만 보고
오른손만 쓰고
오른쪽으로만 누워 잤더니
오른쪽도 저리고 아프다

먼저 아픈 왼쪽이 오른쪽을 본다
뒤에 아픈 오른쪽이 왼손을 잡는다
왼쪽 발로 오른쪽 길을 연다

덜컹거리고 비틀거려도
함께 가면 낫다

김 일 태

• 1998년 「시와시학」 등단
• 시집 『부처고기』외 8권
• 시선집 『주름의 힘』
• 경남문학상, 시와시학젊은시인상, 김달진창원문학상, 하동문학상,
창원시문화상, 경상남도문화상, 산해원불교문화상,
경남올해의작가상, 경남예술인상, 경남시학작가상 등 수상.
• 현재) 통영국제음악재단 대표, 이원수문학관 관장,
경남문인협회 창원예총 고문 등.

길든 것들만 높이 자란다

메타시콰이어 가로수가 일렬종대로 서 있다
명령에 복종하기 위해 존립하는
군인 행렬처럼
키 맞추어 서서 목을 젖히며
우렁차게 복창을 하고 있다

건널목 근처에서
지나가는 아이들에게 손 내밀다
항명 불복종으로 팔 잘린 왕벚나무는
상처를 싸맬 엄두도 못 내고
무장해제당한 패잔병처럼
벌서고 있다

사랑과 자유보다
길드는 법부터 먼저 배워서
키 높은 빌딩을 호위하고
도로를 달리는 자동차에 경례하며
야밤에도 눈이 부셔
별바라기 해본 적 없는

인조 병정들

빗자루 보살

어느 보살의 화신化身일까?
몇 년째 이 도량에서 수행 정진하고 있는지
어떤 깨달음을 얻었는지도
알 수 없는 그는

아파트 사람들 아침잠 쓸어내기도 전에
먼저 뒷산 산책로를 훤히 닦은 뒤
글자 지워진 이정표처럼
빗자루를 가로수에 기대놓은
그는 우리를 어디로 안내하고 싶었을까?

미네르바 가는 길은
잘 쓸고 닦는 거라 가르치고 싶었을까?
편견 없이 둥글어진 마음처럼
세상을 쓸고 치우느라 골고루 닳은
몽당빗자루 하나

몽당붓으로 가지런히 필사해놓은 듯한
불립문자 경전 구절구절 남겨놓고

슬쩍 자취를 감춘

빗자루 보살

마두금*이나 흐므*처럼

사랑아, 우리 남은 생生 마두금처럼 살까
바짝 당겨 팽팽한 두 줄
조화롭게 어울려 온갖 소리 빚어내는

마두금 가락에 얹혀
시공을 넘나들며 심금을 희롱하는
흐므는 또 어떻겠느냐

한마음 한 몸에서 불어내는
하늘과 대평원 두 울림이
저녁노을처럼 휘감고 어르며
어화둥둥 춤사위를 불러내는

양 떼가 목동의 휘파람 소리에 홀려 몰려가듯
각자의 노래에 서로 한껏 설레며
세상 밖으로 이끌려 가는 듯이
꿈결처럼 어울려 살다가 저물면
어떻겠느냐

*마두금: 자루에 말 머리 모양을 장식한 몽골 전통 현악기.
*흐므: 몽골 남자가수가 고음과 저음의 가성을 동시에 내며 부르는 노래.

초파일 무렵

한주 수련 잘 마친
수행자들의 가사 같은 옷가지들이
화두를 깨친 듯
당간지주 십자 기둥 빨랫줄에 불립문자처럼 걸려
봄볕을 쬐고 있다

개구쟁이 막내 옷은 전자체
애교 많은 둘째 옷은 예서체
든든한 첫째 옷은 해서체
넉넉한 엄마 옷은 행서체
늘 바쁜 아빠 옷은 초서체로
번幡의 경문처럼 걸려 있다

마음도 문지르고 빨면
이리 깨끗해지지 않겠느냐고
수행의 고단함과 깨달음이 자비 광명의 염력을 받아
꼬들꼬들 익어가는
초파일 무렵

이순耳順의 시간

앞서간 누군가가 피워놓은
연기 같은 길과
아무도 가지 않은
안개 같은 길

한쪽은 막막하고
다른 쪽은 막연하다

출구는 보이지 않고
지나온 입구는 닫힌
흐릿한 두 갈래 길 위

아직 별바라기도 해바라기도 되지 못한 채
알리바이 성립되지 않는 계략같이
기다려도 오지 않을 것과
반기지 않아도 기어이 오고야 마는
낯설거나 어색한 사이에
자꾸 우두커니 놓이는

황사와 일교차에 지쳐

어스름 녘 노을만 붉은

춘분 무렵

여명

탁발행렬이 일상화되어 있는 루앙프라방* 도심의 낡은
가로등 불빛 아래 나뭇잎으로 싼 찹쌀밥과 과자를 무릎 위
에 차려놓고 옹기종기 열 지어 탁발승들을 기다렸다.

공양물 파는 수레 장사꾼들이 미리 깔아놓은 등받이 없
는 플라스틱 의자는 황금사원의 부처님 앞에 꿇어앉은 원
숭이 형상처럼 절로 공손한 자세를 취하게 하였다.

시주 꾼들은 탁발승에게 자비를 구걸하고 탁발승은 시주
꾼들에게 공양을 구걸하는 상호 물심 교환을 체험하려는
기대가 밥 냄새처럼 구수하게 익어갈 무렵 주황색 물길의
탁발행렬이 새벽공기를 밀어내며 느릿느릿 흘러들어 왔다.

행렬의 선두에 선 나이든 승려는 메콩강물처럼 무덤덤하
게 앞만 보고 다가왔지만, 끄트머리에서 제 키의 반만 한
뚜껑 덮인 발우를 들고 뒤따르는 앳된 동자승의 눈에는 아
직 잠이 달려있었다.

무릎 꿇고 두 손으로 공양을 시주하는 이들은 간절한데
얻어가는 이들은 일상처럼 무덤덤하여 절로 질문이 부록처
럼 일었다.

궁금증이 입안에서 물소고기처럼 계속 씹혔지만, 탁발승
들은 어차피 네 것도 내 것도 아니라는 듯 눈빛도 주지 않

앉다.

탁발행렬이 썰물처럼 지날 때까지 아무 거리낌 없이 길 복판에서 눈을 지그시 감고 배를 드러낸 채 널브러져 있던 개 한 마리, 탁발승이 슬며시 놓고 간 밥 덩이를 당연한 제 몫인 듯 먹었다.

새벽녘을 훤히 밝히다 동이 트면서 빛 잃은 가로등처럼 품고 왔던 기대는 일상의 작은 소망처럼 희미해졌고, 어디선가 쓸쓸하고 담백한 참파 꽃*향기가 났다.

*루앙프라방: 라오스의 대표적인 역사와 전통의 관광 도시로 매일 아침 탁발승들의 행렬로 유명함.
*참파 꽃: 라오스 국화.

우기雨期

자동차 오토바이로 북새통 이루던
달랏* 도심 야시장
오후 다섯 시가 되자마자
자동 접이 우산처럼
노점 시장이 펼쳐졌다

갑자기 쌀국수 면발 같은 소나기가 퍼붓자
고치 굽고 열대과일 팔던 행상들이
펼 때처럼 가판대를 접었다

행인들 발걸음 소리는 빗소리가 지워가는데
야시장 귀퉁이
제 몸집만 한 우산 밑에
플라스틱 컵에 담긴 딸기처럼
볼 붉은 여자아이 하나
정물처럼 앉아있었다

당일 다 팔지 않으면 상할
생과일을 팔고 있었다

*해발고도 1,500m인 베트남 남부 관광 도시.

보살의 눈빛을 보았다

춥고 덥고 외롭고 두려운 사막의 길을
터덜터덜 건너온 붉은 낙타처럼
고달픈 육신으로 사력을 다해
삼보일배로 사바를 건너와

여기가 생의 종착지일지라도 축복이라며
마침내 조캉사원 석가모니 분신 상 앞에
무릎 꿇고 두 손 모아 경배 올리는
순례자

해방으로 충만한
노을 색 눈빛이 빛났다

얌드록쵸 호수

무엇을 위해 기도하고
어떻게 얻을 것인가

세상은 청백적녹황 다섯 빛깔로
믿음은 적홍백 세 가지 색깔로 설명하지만

복잡하고 다난하다는 모든 삶도 실은
제각기 마음대로 그린 그림일 뿐

세상사 희로애락
남색과 회색으로 단순 요약할 수 있다고
진하게 추상하는 얌드록쵸* 호수

*얌드록쵸 호수: 해발고도 4,441m에 있는 티베트의 3대 신성한 호수 중 하
나이자 성지순례 명소로 '고지의 산호 호수'라고도 불림.

미네르바 가는 길

곰을 거꾸로 읽으면 문이 된다고
곰 사내를 뒤집으면 부처로 읽힌다고
곰이 부처가 된 내력을 설법하는
곰절*

세상에 문이나 곰처럼
다른데 같은 이름 가졌거나
같은데 억지로 다른 이름 붙은 것 한둘이랴

들든 나든 다 한 가지라고
생각을 바꾸면 모두가 하나라고
그래서 미네르바 가는 길은
찰나이기도 영겁이기도 하다고
불이不二를 가르치는 일주문 지나

얻으러 온 길을 버리러 온 길로 고쳐 읽으며
따박따박 걸어 올라가는
천왕문에서 대웅전까지
서른세 계단 길

*곰절: 창원시 소재 성주사

민 창 홍

- 1960년 충남 공주에서 태어나 경남대 교육대학원에서 석사 학위를 받았으며 1998년 계간 《시의나라》와 2012년 계간 종합문예지 《문학청춘》 신인상으로 등단하였다.
- 시집으로 『금강을 꿈꾸며』, 『닭과 코스모스』, 『캥거루 백을 멘 남자』 『고르디우스의 매듭』, 『도도새를 생각하는 밤』,
- 서사시집 『마산성요셉성당』, 산문집 『보여주는 노래』가 있다.
- 경남문협우수작품집상, 경남 올해의 젊은 작가상, 경남시학작가상, 창원시문화상, 옥조근정훈장을 받았으며
- 2015 세종도서 나눔 우수도서에 『닭과 코스모스』가 선정되었다.
- 계간 《경남문학》 편집장 및 편집주간, 마산교구가톨릭문인회, 민들레문학회, 문학청춘작가회, 마산문인협회 회장, 성지여자고등학교 교장을 역임하였다.
- 현재 경남시인협회 부회장, 경상남도문인협회 회장으로 활동하고 있다.

물에 대한 기억

고무 대야의 물로 어린 새가 떨어졌다
무엇인가에 쫓기고 있는 것일까
뛰어, 뛰라니까
날아 봐, 날아 보라니까
담장 나뭇가지에서 마중물 기다리는 녹슨 펌프 향해
죽지 않으면 까무라치겠지
폭염 속 계곡은 투명 유리 같았고
나무 그늘 사이로 비추는 햇빛 콕콕 찌르는 친구들
물웅덩이는 벽처럼 아프게 끌어안았다
손바닥 위에서 새의 심박수를 듣는다
머리가 하해지도록 입안 돌아 나오는 물
무엇인지 모를 두려움이 쿵쾅거리고
추위가 몰려와 떨고 있었어
담벼락 위 날아다니며 짖어대는 어미 새
수건으로 물기를 닦는 동안
정지된 듯한 호흡의 끈으로 눈을 감고
나무 그늘에서 숨 고르니
살았어, 살아났네
낭떠러지로 풍덩하던 물의 파편들

수면제처럼 졸음이 밀려왔다

부채 바람으로 체온을 넘기며

천지신명께 밤마다 올리던 정한수 한 사발

마르고 닳아서 빈 하늘 덩그러니

장독대에 정성껏 올려놓는다

뜨거운 햇빛은 물에 대한 두려움 증발시키고

조금씩 발을 떼는 곳마다 찍찍 찍찍

장독대를 벗어나지 못하는 날갯짓

안쓰럽게 바라보는 눈빛도 다시 놀라고

나무울타리에 올려놓는다

어미 두 마리 나뭇가지 흔들며 소리치고

짖어대는 소리로 살아있음을 확인하는

어머니, 눈물이 난단다

요양병원

한 무리의 양 떼가 지나간다
초원을 향해가는 행렬
차가 일제히 서서 기다리고 있다
귀에는 번호표가 붙어 있다
그들이 몸을 부대끼며 가는 동안
당신은 기다리고 있다
희망이라는 단어는 창밖에서 비추는 빛
행운을 기다리는건지
하루에도 몇 번씩 선잠에 들었다 깬다
죽음 앞에서만 평등하다는 것
돌아오지 않는 강江
돌아갈 수 없는 강江
거기 멈출 수 없다는 것
무성한 풀 향해 이동하는 양 떼
산다는 것은 앞에 가는 무리를 쫓아가는 것
귀에 붙은 번호는
하늘에 흐르는 물이다

웬수의 봄

술 많이 먹는 웬수
오늘 보니 봄이었네

갑작스러운 부음이 놀라워서일까?
전화기 속 눈물은 말을 잇지 못하고

사람의 촉으로
그때가 봄날이었어

낙엽이 눈시울 붉히며 가던 날
한 번쯤 걸어봤던 길이라고
한때를 뭐라 하지 마라

문상을 마치고 돌아온 저녁
웬수가 거실에 자리를 잡는다

술 많이 먹는 웬수
오늘 보니 봄이었네

그림책만 한 커다란 시집

선물 받았다
동시집이 아니다
시인의 혼이 담긴 책이다
종이 공해에 일조했다던 자조 섞인 말
함께 배달되었다
얼마나 많은 날을 고민했을까
안경이 콧등에 얹혀서 위태로워할 때
글자가 작은 책 버리기로 한 적이 있다
욕심이 켜켜이 쌓여 사람을 밀어내는 서재
그림책만 한 커다란 시집은 놀이터다
책들이 하나둘 이사를 가고
어린이처럼 커다란 책 끌어안고
시의 웅덩이에 풍덩 빠져본다
동화 속 시 낭송하는 할아버지

잃어버린 말들

어느 것이 진실인가
어느 것이 거짓인가

거짓말하지 말라고 가르침 받고
거짓말했다고 회초리 맞던 기억

검진을 받고 오신 아버지
결과를 기다리는 일주일이 길다

서로 마주하는 시간

속으로 속으로 울었다

기상 캐스터의 예보대로

소나기는 퍼붓는다

난

어버이날에 사다드린 난 화분
향수 같은 향기 방에 뿌려
잠에 취한 사이

내년에도 꽃을 보겠다고
욕심을 부리는 어머니

온갖 정성에도 마음만 태우고
쉽사리 자신의 순정을 보여주지 않는다
언젠가는 피겠지

죽기 전에는 피어야 하는데
경로당 서예반에 가서
체념 같은 속마음 들켜버린 날

먹물로 뻗쳐가는 화선지 위
붓끝에 움트는
꽃대 하나

옛사랑

여직원의 향수가 진하다

창문을 활짝 열었다

금목서 꽃향기다

에밀 타케*

순례길에 그 사람을 만난다
은행나무의 실루엣 같은 이방인
산에 오르다 허리 꺾어 항구를 바라보고
휘어지는 만큼 보여주는 순명順命의 깃발
목선은 짐짝처럼 섬에 던져지고
죽음으로 맞선 사람들의 흔적 따라
묵주 들고 기도하는 발걸음 묵상한다
굳이 들춰내고 싶지 않은 까닭에
꽃과 나무들 채집하는 영성의 길
눈에 비친 오름은 천국의 계단이었을까
검은 담벼락 밑 노랗게 피어 말 걸어주는 친구
우리는 어디로 가는가*
타임캡슐 같은 기억 하나씩 꺼내어
이국의 외로움 나누는 온주밀감 열네 그루
돌하르방 곁에 우두커니 서서
하논의 지는 해 주렁주렁 지켜보며
내가 만난 그 사람은
왕벚꽃처럼 화사하게 피어
오늘도 분화구를 돌며 기도하고 있다

그의 기도는 하늘에 닿았을까

목련

애써 당당한 척 남녘의 바람 맞으며
마당 한가운데 우두커니 서 있는
그대가 오늘은 듬직하다

적막의 방문 열고 먼 산 바라보면
푸른 하늘 다정하게 다가오고
직박구리 날아와 뭐라고 짖어댄다

깊게 파인 볼우물 속에
떠나지 못하는 그리움 담아 놓고
핏기 없는 표정으로 세상을 탓하는데

그대 발자국에 소복하게 내리던 눈
길고양이들 밤마다 찾아와 슬프게 울어서
하얀 꽃 한아름 피운다

영혼이 빠져나간 낮은 돌담에 기대어

떨어지는 꽃잎들 손으로 받아보니

펑펑 쏟아놓은 그대 사랑

새하얗다

한티 성지*에서

길은 산속으로 깊어지고
나무들 푸르게 길을 덮는다
관원에게 쫓기던 묵주 든 사람들
보이지 않는다

습기와 한파로 화전도 일구지 못하는 산골
옹기 굽고 숯을 구워
지게로 산을 내려오던 무진년
참혹한 칼날에 무참하게 무너지고

땀에 젖어서도
오로지 한 분만 생각하며
몸소 실천한 한티마을 사람들
장하게 산을 지키고 있다

비석에 새겨진 십자가 붉게 빛나고
이름 없는 순교자 무덤
새들이 마음 놓고 통곡하는 골짜기
나는 모르게 두 손 모으고 옷깃을 여민다

십자가의 길 따라
한 발짝씩 옮기는 기도의 발길
나무 사이로 비치는 빛 함께 하며
순례의 끝이요 시작인 길, 푸르다

*한티성지: 경북 칠곡군에 있는 천주교순교성지

성 선 경

• 1988년 한국일보 신춘문예 시부문 「바둑론」 당선
• 시집 『민화』, 『햇빛거울장난』, 『네가 청동오리였을 때
나는 무엇이었을까』, 『파랑은 어디서 왔나』, 『봄, 풋가지行』,
『석간신문을 읽는 명태 씨』, 『까마중이 머루 알처럼 까맣게 익어 갈 때』,
『진경산수』, 『아이야! 저기 솜사탕 하나 집어줄까?』,
『옛사랑을 읽다』, 『모란으로 가는 길』, 『몽유도원을 사다』,
『서른 살의 박봉 씨』, 『널뛰는 직녀에게』
• 시조집 『장수하늘소』
• 시선집 『돌아갈 수 없는 숲』, 『여기, 창녕』(공저)
• 시작에세이 『뿔 달린 낙타를 타고』, 『새 한 마리 나뭇가지에 앉았다』
• 산문집 『물칸나를 생각함』
• 동요집 『똥뫼산에 사는 여우』(작곡 서영수)
• 고산문학대상, 산해원문화상, 경남문학상,
마산문학상, 경남도문화상 등 수상

꽃샘

그 모든 시샘 중에서
가장 고약한 건 꽃샘
이제 막 눈 뜬 꽃망울 다 언다
푸릇푸릇 보리밭도 서릿발
중늙은이도 얼어 죽는데
하마 저 어린 것들이야
나를 잡자고 날을 잡았나?
아마 이렇게 생각할 걸
아무리 추워도 향기를 팔지 않는다는
저 매화도 어딘지 언 볼이 심상찮은데
갓 핀 봄날이야 물어 무슨 답 있으랴
수풀 속 복수초는 복수초대로
울 밑의 개나리는 개나리대로
큰 추위는 이제 다 갔다 그랬는데
한 줌 햇살에 고개를 내밀었다 이 지경
그 모든 시샘 중에서
가장 고약한 건 꽃샘
한 뼘 햇살에 목을 내밀었다 이 지경
나를 잡자고 날을 잡았나?

아마 이렇게 생각할 걸.

풀등

잊었다 말한다고 다 잊힌 게 아니라고
어느 날 불쑥 떠오르는 그녀의
훌쩍이며 돌아서던 뒷등 같은 것
여기 있다
비 온 뒤 맑은 바람이 불 듯
가슴을 적시는 기억의 서늘함이여
바다 속 고래가 잠시 물 밖으로
호흡을 위해 등을 보이 듯
뿜어 올리는 저 빛살
잊힌다고 다 잊힌 게 아니라고
문득 문득 돌아서서
아직도 훌쩍이는 그녀의 울음소리
나직이 귓전을 때릴 때
오직 내게만 보이는 네 등
문득 떠오르는 기억의 등

자 봐라.

합천陝川

이름만 듣고
다 좁은 골짜기라고 생각하면 오산
실개천 개울물같이 좁은 계곡도 있지만
황강처럼 넓은 평야를 담고 있는 물도 있다
무릉武陵처럼 숨겨진 골짜기도 많지만
가야 고분군처럼 확 드러낸 곳도 적지 않다
합천陝川은 내 외가外家가 있는 곳
내가 백일 전후로 들락거리기 시작하여
환갑을 넘길 때까지 자주 왕래하던 곳
내 외가는 적포의 바람재에서도 한 십 리쯤
더 들어가야만 하는 골짜기에 있었지만
내 외조부님은 품새가 참으로 넓으신 분
합천陝川 고을이 다 환 했다
그 많은 친손자들을 다 제쳐두고
못난 나를 가장 아끼셨다
합천陝川, 그러니 이름만 듣고
다 좁은 골짜기라고 생각하면 오산
황강처럼 넓은 평야를 담고 있는 물도 있다.

호박琥珀

저녁의 마지막 노을을 보며
아흔 두 해를 사셨던 할아버지의
마고자를 생각한다, 마고자의
붉고 붉은 호박단추를 생각한다
호박은 나무에서 나온 수액이 굳어져 되는데
수액이 굳어 호박이 되기까지는 대략 천 년
나는 지금 천 년의 시간을 보고 있는 것이다
아흔 두 해를 사셨던 할아버지의 생애
수액이 굳어 호박이 되기까지와 비슷해
호박은 그 형성 과정에서 곤충이나 식물의 잎이
그대로 굳어진 생물 화석도 있다는데
그래서 고생물학 연구에도 쓰인다는데
대한제국 일제식민지 한국동란 피눈물
할아버지의 아흔 두 해는 지금 호박 속 구름이다
붉게 물들어 서녘을 다 덮는 구름이다
을사조약 강제 징용 피난살이 허리 굽은 가난
어쩜 저 호박빛 구름도 한 생애를 품고 있으리라
물먹은 소금처럼 무거운 저녁
노을, 살아서 막 움직인다

눈시울 붉다.

풀등 2

바다 속 같은 인생사를 누가 다 알겠나
물결은 밀리고 또 밀리고
어쩌다 한 번 마주치는 행운 같은 것도
알고 보면 신기루 같아서
잡힐 듯 안길 듯 어른거리지만
다 허망한 안개 속
물이 빠지면 그제야 속을 드러내는
저 모래톱의 풀등 같은 것
물속에 잠긴 인간사를 어찌 다 알겠나
물결은 밀리고 또 밀리고
어쩌다 한 번 내게 안기는 축복 같은 것도
다 모두 물속의 일 같아서
내 마음 같지 않고 내 속 같지 않아
밀리는 파도 같고 바람 같고
다 그 속을 알 수 없는 것
물이 빠져야만 그제야 속을 드러내는
저 모래톱의 풀등 같은 것
잠시 얼굴을 드러내나 싶다가도
곧 물속으로 잠기고 마는

인생사 알고 보면 다 저 풀등 같은 것
물결은 밀리고 또 밀리고
있는 것 같다가도 보이지 않고
보이는 가 싶다가도 잠기고 마는
인생은 모두 다 저 풀등 같은 것
그대 가끔 내게 건네는
땀에 젖은 악수 같은 것
자! 여길 봐라.

주름진다는 것

붓을 기울여 먹을
듬뿍 묻혀 수직으로 부서진 단층형태
저 주름이 나의 생애다
나에게도 평온한
푸른 초록의 들판 같은 때도 있었네만
이제 내 나이를 묻지 마
도끼로 팬 듯
측필側筆이 지나간 이 흔적
부벽준斧劈皴이네
혹 사람들은 남성적 선線이라고
좋아하는 이들도 있다곤 하지만
그건 다 웃자고 하는 얘기
먹을 듬뿍 묻혀 부서진 단층형태
저 주름이 나의 전 생애다
벼랑 같은 것
절벽 같은 것
큰 도끼로 마구 팬 듯
끌로 새긴 듯
측필側筆이 지나간 이 흔적

저 주름이 나의 전 생애다

기울어진 붓

부서진 단층형태

저 부벽준斧劈皴이 내 전 생애다.

어쨌든 못은 빼고

내가 집에서 아내를 부를 때
나는
'난아' 하고 부른다
아내는 자신의 호가 목란木蘭이니
줄여서 '난아' 하고 부른 줄 알고
나는 '못난아' 하고 부를 걸
못은 빼고
'난아' 하고 부른다
내가 '못난아' 하고 부르다간
아무래도 뺨 맞을 것 같으니까
'못'은 빼고
'난아' 하고 부른다
네 가슴이나 내 가슴에서
어쨌든 못은 빼고 볼 일
그래서 나는
집에서 아내를 부를 때
'난아' 하고 부른다
자기야 어떻게 듣든
나는

'난아' 하고 부른다.

어쭈구리

옛날에 한참도 옛날에
조그만 연못에
한 못된 잉어가 살았는데
이놈이 어찌 어린 물고기를 못살게 굴던지
아주 말이 아니었지, 그런데
그러든 어느 날
힘센 자라가 나타났어
그러자 이 못된 잉어는 지가 그만
자라에게 쫓기는 처지가 된거야
연못을 돌다돌다 연못 밖으로 튀어 도망을 갔지
팔딱팔딱 뛰어서 오 리를 지나
칠 리를 지나 구 리
구 리를 가서는 그만 붙잡힌 거지
구 리가 한계였지, 그래서
그래서 나온 사자성어四字成語가
어주구리漁走九里라
그래서 그때부터 우리는
턱도 없는 것이 뭐 한다 까불 때
입술에 힘을 주어 말하지

어쭈구리!

족까지마

옛날에 처음 마을이 생기고
부족을 이루고 살았을 때
막 부족국가가 형성 될 때
손을 잘 쓰는 부족이면 수手 가家
입을 잘 쓰는 부족이면 구口 가家
이렇게 부를 때
발을 잘 쓰는 부족이 있어
이를 족가足家라고 불렀을 때
한 해 수가手家 부족이
말을 잘 길러 전쟁에 나가
큰 공을 세우고 벼슬에 오르자
족가足家 부족도 말을 기르기 시작했지
어느 날 말이 다 성장하자 마침
전쟁이 일어나 족가足家 부족이
말을 타고 나가 큰 공을 세우기로 하고
마당에서 말을 타고 박차를 가해 뛰어나갔지
그런데 말이 대문을 미처 벗어나기 전에
말을 타고 있던 족가足家가
대문 문설주에 걸려 넘어져 죽어버렸지

이를 본 다른 부족들이 말하기를
아! 족가지마足家之馬라
이렇게 나온 말이 사자성어가 되었지
요즘도 사람들이 분수에 넘치는
택도 없는 일을 벌이려는 사람들을 보면
입에 힘을 주어 말하곤 하지
야! 족까지마.

씨벌노마

옛날에 아주 옛날에
사슴과 여우가 서로 품앗이를 할 적에
한 농부가 밭을 갈고 있었는데
지나가던 과객이 이를
유심히 살펴보니
말은 열심히 쟁기를 끌고 있는데
농부는 계속 채찍을 휘둘렀는데
그 모양이 하도 사나워
과객이 중얼거리기를
말은 최선을 다하건만
농부는 계속 채찍을 가하는구나!
이렇게 나온 사자성어가 시벌로마 施罰勞馬
요즘도 그런 상사가 있어
노력을 열심히 하는데도
갑질을 부리는 상사에게는
입에 힘을 주어 말하곤 하지
씨벌노마.

이 기 영

- 2013년 《열린시학》으로 등단.
- 시집 『부에나 비스타 소셜 클럽』,
『나는 어제처럼 말하고 너는 내일처럼 묻지』
- 디카시집 『인생』, 『전화 해, 기다릴게』
- 수상 김달진창원문학상(2018),
이병주국제문학상 경남문인상(2022)

먼지

불만을 말해 봐 계속해서 떠는 불안정한 네 정체를 들켜 봐 나는 그토록 많은 부유물에 순간 깜짝 놀라 줄 테니 호흡을 참고 잠깐 인상을 찌푸려 줄 테니

도무지 어울리지 않는 겨울사막과 사흘 째 퍼붓는 아프리카의 홍수에 기가 막히는 것보다 어느 날 갑자기 나타난 수북한 네 두께와 측정할 수 없는 무게 사이에서, 특정해야 하는 존재라는 합리적 의심 사이에서, 너는 미필적 고의를 끝까지 부정하는군 그 무엇도 아닌 채로 있는 듯 없는 듯 그러나 어디에나 아무 때나 있어 왔다는 사실 때문에

불편해, 너!

시지프스

해바라기는 하루 내내 해를 따라 고개를 꺾는다 동쪽에서 서쪽으로 흘러가는 익숙한 불편 때문에 자신이 밤사이 어떻게 다시 동쪽으로 가 있는지 무한 반복적으로 이 지경이 되는지 언제부터 언제까지 이 자전적 불행을 견뎌야 하는지

모른다

비의 예보가 있고 바람은 아직이고 참새 떼의 타격감 없는 무차별 공격이 저녁을 불러온다 아무도 모르게 다시 자라는 어제의 심장처럼 아무도 모르는 다음 순간의 불행이 천천히 고개를 돌리고 멀쩡해질 시간, 시지프스는 지울 건 지우고 남겨둘 건 남겨두는 치밀함으로, 그것이 무한 반복의 형벌임을 까맣게 잊음으로

백지처럼,

날마다 새롭게 신화를 찢고 있다

차를 우리는 시간

늦은 밤 가는 비 온다

하늘거리는 쉬폰 블라우스가 비 맞은 듯
무방비로 젖는 날 것들 온 몸에 척 척 달라붙는다

치사량의 불면이 며칠 채 계속되고 있다

용암처럼 들끓는 마음을 재우지 못해 감추고 싶었는지
몰라
잠 들 수 없는 밤이 방 안 가득 출렁거릴 때면

그래, 봄밤이어서 그랬을 거야

가장 연하고 순한 봄의 모가지를 똑 똑 따버려서
성급하게 소급해 버린 초록을 몇 번이고 우려내 버려서

아직 오고 있는 내일을
뜨겁지도 미적지근하지도 않은 온기를
맛으로 혀끝으로 이미 삼켜버린 지 오래여서

찻잎이 제 몸 속의 빗장을 힘겹게 열고 있을 때

자운영, 자운영이

내 약지 둘째 마디에는 막 눈을 비비고 깨어나는 초승달
이 있어 그것은 내 어린 날 한 토막을 낫질한 기억

아무 것도 아닌 자운영, 자운영이 천지 사방에 지천으로
피어 아버지는 소 먹일 풀로 베고 나는 자꾸만 눈길을 잡
아끄는 자운영, 자운영을 꽃으로 베고 누워 꽃 속으로 향
기 속으로 봄물이 뚝 뚝 떨어져 자지러지는 품속으로 봄
한가운데로 자꾸만 잉잉거렸다 서툰 낫질이 제 손가락을
잘라 핏물이 그 해 봄을 다 적시고도 남아 그날부터 내 몸
에 초승달이 뜰 때까지

그 언저리에서 더 먼 바깥으로 매번 너무나도 과하게 넘
치게 나의 목적은 점점 희미해지는 비밀이 될 것이어서 늘
가볍게 달싹이는 입술 쪽으로 이울고 있었다

아픔이 아름다움이 무엇인지를 처음으로 알게 한 봄 한
철 지상에 머무르는 붉은 구름송이 위를 지금도 봄만 되면
날아다니는 꿈을 꾼다

사자자리 B형 여자

어둠이 닥치기 전 선심 쓰듯 던져놓은 그 따뜻한 색을
삼킨, 캄캄한 시간을 헤치고 안개가 강의 수면에서 물의
신경을 한 올 한 올 뽑아 올리고 있었다

자정 가까이 밤기차에서 내리는 사람들의 기분은 충혈
되어 있었다 엉킨 실타래처럼 좀처럼 풀리지 않은 하루가
끝나는 지점에서 의도와 상관없이 질질 끌려가는 감정 밖
멀리 간간히 박혀 있는 불빛은 결코 따뜻하지도 다정하지
도 않았다 얼른 모든 걸 꺼버리고 깨지 않는 숙면을 갖고
싶은 표정이 강렬해질 뿐이었다

꼿꼿이 버텼는데, 감정이라 부를 만한 것은 애초에 곁에
두질 않았는데, 나도 한번쯤 어딘가로 향해 있는 긴 줄 안
으로 들어가서 점점 짧아지는 기대감으로 하루를 살고 싶
었는데

나만 모르게 너무 늦어버렸는지 몰라
모든 순간은 늘 미완성이었어

장미가 장미일 수밖에 없는 이유

장미는 대대로 가라앉는 기분을 감쪽같이 포장하는 방
식을 익혀왔다 저렇게 많은 겹겹의 포장지 안에 까도 까도
안을 볼 수 없는 비밀의 상자 안에

고작, 장미향 사흘이라니

장미는 모른다

그건 포장이 아니라 누대에 걸친 자기표절이라는 것을
복사한 채로 붙여넣기하고 있다는 진실을

백 년 전에도 천 년 전에도 장미는 장미인 채로 가시를
잔뜩 두른 채로 지금까지 계속

고작, 장미향 사흘을 위해

장미는 다른 장미가 되기를 거부하고 있다
장미가 아닌 장미는 생각해 본 적도 없다는 듯이

겹겹을 포기하고 사흘을 포기하고 가시를 포기하고 오월
을 포기하면
무엇이 장미를 증명할 수 있나

다른 무엇이 되고 싶지 않는 장미가
자기 표절을 자기 학대를 무한 반복 중이다

장마

여기, 잿빛 기분을 가진 빗속을 걸었어 계속 올라가는
불쾌지수가 폭우의 경고를 보내는 위험수위를 어떻게든 견
뎌보라는 듯이 말문을 막고 있었지

시계거리는 50미터
우울이라는 창살은 계속해서 빗줄기를 생산해내고 있었지
모든 것을 가두려는 목적이 뚜렷한 세상에 갇혀
나는, 죽은 자의 무덤에 함께 묻힌 순장품 같았어

죄 지은 것도 없이
죄인의 신분으로
처마 밑에서
어중간한 낭만으로 포장하는 재빠른 처세술을 물끄러미
바라보았지

흙탕물에 젖은 신발 안에서는 발가락들이 퉁퉁 불어터진
채 물에 빠져 죽은 이들의 혼을 흉내내고 있었지

그게 얼마나 지랄 같은지

얼마나 달아나고 싶은지

빗줄기 속 일찍 어두워진 저녁 아래 유난히 붉은 것들
때문에
뛰어갈까, 망설일수록 더 무섭게 세를 불리는 흙탕물

골짜기가, 도시가, 사람이, 베어버릴 수도 부러뜨릴 수도
없는 창살에 갇혀 불가항력으로 함께 흘러가고 있었지

한통속으로 쓰레기와 뒤섞인 채 어딘가로 점 점 멀어지
면서

그믐의 문

체리컬러가 지독한 피냄새로 스미고 있었다 그런 불길한
징조가 서로의 의지를 뻗어 칭칭 감아대고 있었다

예고도 없이 어두워지면서 멀어지는 것은 아득한 허공
뿐, 지상의 일들은 너무 멀어서 때로는 비현실이 된다

그것이 어느 날의 기상변이라 하더라도 60년만의 가뭄
끝에 온 별 볼일 없는 기우라 하더라도 그러다 후두둑 비
가 지나가면 질척거리는 흙탕물 위를 말없이 발자국을 찍
으며 걸어야 하는 사람들은 좌판을 걷어 치우더라도 원망
할 수도 없어 고마운 비가 아무리 분탕질을 일삼더라도

날이 밝고 다시 발바닥에 땀이 나도록 뛰어가려면 그믐의
다른 이름으로 검은 비닐봉지에 싸서 버린 늑대의 날카로운
이빨을 버려야 한다 보름밤마다 갈기갈기 찢어버리고 싶은
하울링을 뒤로 하고 쓸쓸한 익명 뒤로 숨어들어야 한다

체리컬러는 눈물을 할퀴고 지나간 피의 얼룩이 아니므로

이 달 균

- 이달균 시인은 57년 경남 함안에서 출생하여
- 87년 시집 『南海行』과 《지평》으로 문단활동을 시작했으며
- 시집으로 『달아공원에 달아는 없고』, 『열도의 등뼈』, 『탑, 선 채로 천년을 살면 무엇이 보일까』, 『늙은 사자』, 『문자의 파편』, 『말뚝이 가라사대』, 『장롱의 말』, 『북행열차를 타고』, 『南海行』 등이 있으며
- 현대가사시집 『열두 공방 열두 고개』가 있으며
- 시조평론집 『시조, 원심력과 구심력의 경계』,
- 영화에세이집 『영화, 포장마차에서의 즐거운 수다』가 있다.
- 이호우 · 이영도 시조문학상, 중앙일보시조대상, 중앙시조신인상, 조운문학상, 오늘의시조문학상, 경남문학상, 경상남도문화상, 마산시문화상, 성파시조문학상, 경남시조문학상 등을 수상했다.

결핍의 바다

시심詩心의 춘궁기를 그 봄에 만났다
잃어버린 탐구와 창백한 감수성은
긴 하루 허기와 함께 해역에 밀려왔다

서가에 꽂아둔 채 까맣게 잊어버린
그날 결핍에 대한 고백과 게으름으로
피다 만 들꽃의 개화를 돌아보지 않았다

허약한 이름은 해초처럼 떠돈다
가위에 잘려 나간 눈물을 헹궈내고
접어 둔 한 평 바다를 썰물에 실어 보낸다

그렇게 작별한 어제가 간절해지면
불현듯 마르지 않은 머리칼로 달려올까
달려와 으스러지며 절로 신명에 겨워질까

사랑이여 허물어진 성벽 기어올라
폐허에 입맞춘 허기진 돌개바람처럼
길잃은 흙먼지라도 쓸어안고 비상해 다오

트집잡기
─난중일기 43

긍게 제대로 된
갓 하나 만들라치믄

첨부터 요노무 트집, 트집을 잘 잡아야 허는 거여. 멀쩡한 사람 곤죽 만드는 생트집이 아니라, 멋거리 진 갓 하나 붙들어맬라치믄 평민갓이든 진사립이든 일단은 양태를 단단히 잡아야 허는데, 이 지난한 공력 멕이는 일이 그리 쉬울관대. 애초에 무녀리나 얼간망둥이 같은 놈한테 배우다 보믄 산통 다 깨지고 마니, 시방 이 모양 원만히 익히려믄 암만, 선생 같은 선생을 만나야지. 대나무실 가닥가닥 곱사리 끼워 엮은 후, 감쪽같이 둥근 틀 우에 갓 모양 잡는 일이 바로 트집잡기란 말씀, 여기서 삐끗하믄 이도 저도 아무것도 안 되니 한 몇 년 죽었다 하고 혼불 지필 각오나 하더라고.

후회할
생각 들거들랑
당장에 그만두든가.

무인도행 기차
-난중일기 54

오랜 망설임으로 걸어 잠근 나를 허물고

무작정 무인도행 밤기차에 오른다

떠나서 곤두박일지라도 오늘은 결행이다

움트지 못한 채 박제된 생각이여

한순간도 멈춘 적 없는 물살의 일렁임처럼

고적한 간이역에 적힌 이름을 경배하라

적막한 폐교엔 동상 허물어지고

그 틈 비집고 기어오르는 마삭줄 하나

산 것은 살았다 울고, 죽은 것은 죽었다 운다

고요가 불러오는 이 무질서의 야단법석

사람을 떠나지 않고 어찌 사람을 보랴

별들도 별을 보기 위해 오늘 섬에 내린다

긍정적으로
—난중일기 55

가는 귀 좀 먼 것도 신이 주신 축복이야

다 듣진 못해도 들을 소린 다 듣지

지난밤

반가운 손님

머물다 가는 빗소리

현고수*懸鼓樹
-난중일기 56

세간리 느티나무, 그 청춘은 언제였을까 큰북 걸고 소리 친 의병장의 그날이 유난히 푸르고 빛나는 때깔의 한때였 을까

하지만 다시는 돌아가지 않으리 실한 나이테 감아 돌던 한 시절, 눈물꽃 피고 질 때로 회귀하진 않으리

할 말 다 쏟아낸 속 빈 강정처럼 노쇠하여도 부러진 가 지에 새 한 마리 앉지 않아도 담담히 최후를 기다리는 시 방이 더 좋다네

*임진왜란 때 의병장 곽재우가 북을 매달아 치면서 의병을 모았다는 나무.

하지夏至 무렵
-난중일기 57

바람 구겨지는 소리가 들렸을 뿐

피다 만 배롱꽃 망연자실 서 있고

오는지 가는지도 모를 유월이 서 있었습니다

대문 두드리는 소리가 들려왔습니다

배 타고 떠나시는 아버지를 보았다고

짧아서 더 생신 듯한 간밤 꿈, 꿈이라고

나비 한 마리 날지 않던 여름 가고

당신보다 6년이란 세월을 더 살았지만

아직도 그 그늘을 따라 한나절을 걸어갑니다.

천재
-난중일기 58

생애의 첫 문장은 왜 그리 불우한가?

부정하는 모든 것이 우릴 매혹한다

오늘도

난 질투한다

먼저 빛나고 지는 별을

위성 인간

-난중일기 59

지지 못하는 꽃이 있다
달콤하고 부패한 이름

소금꽃의 천으로 가린
노회한 설탕의 덫

역설의
자장磁場을 맴도는
가여운 꽃이 있다

노량

-난중일기 60

그날 그렇게 별이 하나 졌습니다

아직도 그 별자리는 빈 채로 있습니다

새들도
그 하늘 지날 땐
깃을 접고 납니다

독도獨島
-난중일기 62

저어라 격군이여
동진 또 북동진하라

갈매빛 바다 건너 울릉울릉 넘실대는 독도라 찾아드
니 거친 바다 물너울, 태양도 집어삼킬 태산 물결 높았더
라 우산도于山島가 여기거니 뉘라서 널 일러 홀로 된 섬이라
했나 여명에 빛나고 낙조에 울었던 거친 사내 숨결도 세차
고 뜨거우니 구름 치달리다 물 향해 내려찍는 물수리며 갈
매기들, 벼랑에 일렁이는 참억새, 새우난초, 암벽 틈 오로
지 한 야광나무 눈부신데

누구라
그대를 일러
홀로된 섬이라 했나

이 서 린

• 1995년 「경남신문」 신춘문예 시 당선
• 2007년 김달진창원문학상 수상, 2021년 형평지역문학상 수상
• 시집 『저녁의 내부』, 『그때 나는 버스 정류장에 서 있었다』
• 경남문학 편집장, 김달진문학관 토요꿈다락
어린이작가 교실 강사, 경남문협 · 창원문협 이사,
경남시인협회 · 한국시사랑영남지회 부회장,
날라리인문학 시시콜콜 강사,
• KBS창원라디오 해피FM 다락방 책소개 게스트

산책하는 자들

공원은 겨울에서 봄으로 건너고 있다. 마른 흙 풀썩이는 풍경을 어슬렁거리다 슬쩍 벤치에 오르는 고양이와 눈이 마주친다. 너쯤이야, 눈으로 말하며 고양이는 혓바닥으로 발을 핥는다. 유모차를 밀고 가던 중년의 여자가 풀죽은 자루처럼 건너편 벤치에 앉는다. 유모차에는 늙은 개가 앉아 있다. 늙어가는 존재는 삶이 피로한 듯 여자와 개가 동시에 하품을 한다. 사람을 우습게 아는 비둘기가 유유히 내 앞을 지나간다. 분홍의 발과 달리 무서운 눈에 진지해지며, 나는 의지와 상관없이 과묵한 인간으로 담배를 찾아 입에 문다. 늙은 개와 여자가 나를 본다. 라이터를 켜려다가 잠시 주춤하자 직박구리가 조롱하듯 울며 머리 위를 날아간다. 주눅 든 인간은 안이나 밖이나 어깨가 기운다. 말을 못해 불쌍하다는 물고기를 더 끔찍하게 챙기던 아내의 시선이 생각난다. 담배 대신 카악, 침을 뱉고 돌아선다. 눈으로 비둘기를 따라가는데 공원에 나온 아이가 과자를 들고 비둘기에게 달려간다. 우리는 저마다 집중하며 시간을 건너고 있다. 무심하게 혹은 상냥한 눈웃음, 미온적인 태도로 감정을 나누거나 소심한 대립을 하는 산책자들. 숨바꼭질하듯 사라지는 빛과 소란 사이, 치

욕도 없이 하루가 지나간다.

울음은 어떻게 태어나는가
 ―통도사 범종

그믐이었다
신열 오른 눈먼 사람이
산문에 머리를 박았다
천둥이 울었던가
깃을 떨군 새들이 돌아와
숲은 귀를 열어두는 시간에 들었다

전생이란
환생이란
내세란 다 죽음의 다른 말

캄캄할수록 별들의 절규는 또렷해지고
동굴 같은 마음들이 땅속까지 내려갔을 때
세상의 어두운 길을 낮은 주파수로 울리며
천년을 우두커니
폭풍과 폭우, 폭설도 감당하며
속을 비워낸 몸은

모서리를 버리고 둥글게 둥글게

우주를 돌고 돌아와 우는
맨 처음 기도인 것을

달의 온도

지도에도 없는 길이 물속으로 이어졌다
그 길을 따라 아버지가 돌아왔다
아버지의 손을 잡고 걸었던 기억이
강의 기슭에서 흔들거렸다

애야, 불을 켜자꾸나

야맹증의 나는 더듬더듬 성냥을 찾았다
아버지가 성냥을 긋고 초를 밝히면
유황 냄새를 맡은 어린 내가
일렁거리는 촛불 아래 가만히 엎드려
정전이 오래갔으면 하고
마루에 올라서는 달빛을 보았다

아버지가 사라진 후
이젠 딸의 손을 잡은 내가
달 그늘을 짚으며 강가를 걷는다
강의 기슭까지 이어지는 달빛의 생각
새들의 둥지에 온기를 채우는 깊고 먼 파장

하찮은 생이라도 살아있는 것에 스미는
저 달의 온도

금시당 은행나무에게 이별을 묻는다

끝내 한 이름이 떠났다
잡히지 않은 마음을 끌고 강으로 간다
가슴을 도려내며 보낸 이름이라
속절없이 은빛 강물에 새기며 걷는데
산이,
거대한 초록의 산 같은 은행나무가
나를 내려다보고 있다
때마침 부는 강바람
나무의 가장자리에서부터 천천히
나무의 중심까지 파도를 일으키는 낱낱의 잎사귀들
이 여름 한낮, 무수한 별이 쏟아진다
와르르, 말없이 떨어지는 초록빛 눈물
아, 겨우 몇십 년 살며 겪은 나의 이별을
오백 년 가까이 살아온 나무가 건네는 위로라니
꼼짝없이 오직 한 자리에서
전쟁과 죽음과 참혹한 시절도 묵묵히 견딘
나무가 들려주는 말씀이라니
부끄러워라
하나의 잎사귀보다 작은 나의 슬픔아

이제 먼저 떠난 이름을 추억하며
아무렇지 않은 듯 호명하는 법을 배워
초록에 물든 귀를 열어
나무의 시간을 듣는다

설날이 지났다

마을은 다시 조용하다
군데군데 새로 보이던 승용차들은
하루 이틀 만에 사라졌다
며칠 후면 입춘이라는데 바람은 무척 거세다
굿판의 꽹과리 마냥 풍경소리가 미친 듯 공간을 흔들자
옆집 대밭은 연신 작두를 탈 기세다
마을 어른들은 허전한 속을 채우러 회관에 가셨을 터
자식들의 빈자리를 서로서로 쓰다듬으며
에둘러 감나무 가지치기며 거름에 대한 이야기로
차마 발설하지 못할 혈육에 대한 미련을 떡국과 함께 삼
키겠지
볏단도 없는 밭을 건너온 바람이 우사에 처박혀 난리다
며칠 전 새로 온 어린 강아지만 놀라 짖을 뿐
그깟 것, 소들은 눈만 껌벅인다
2월 할매의 심술을 감당하기엔
어른들의 심사가 편치 않을 것이다
전깃줄의 까마귀가 울어 쌓는데
어디선가 침 뱉는 소리 들리고
비료 덮은 비닐이 아까부터 좀이 쑤셔 들썩이더니

기어이,
날아가고야 만다

박수기정

　태양이 낮은 노을을 품던 날이었다 먼 바다를 항해하던 고래가 돌아온 그 밤 달은 아이의 눈망울에 맑은 샘을 들여놓고 소리도 없이 흐르던 물소리와 밤새 나의 머리맡을 두드리던 파도는 절벽의 검은 기슭에서 오래도록 뒤척였으니

　아직 돌아오지 않은 사람은 전설로만 남았는데 비바람 칠 때 범람하는 물결에 용을 보았다는 것은 간절한 기다림의 다른 말

　배를 타고 나간 그는 수평선을 넘었을까 물길을 열어 자신의 길을 완성은 하였을까
　그 길에 등대는 있었는지 별빛은 어디까지 따라갔는지

　절벽 끝까지 가 본 아이의 발길 물빛은 하늘을 당겨 경계도 없이 구름도 심어놓고 갈매기도 심어놓아 외롭지는 않았다

　바다를 열고 해의 정수리가 올라올 때 물속 계단을 내려

가 귀를 씻으면 이윽고 깊은 울림으로 먼데서 들려오는 아
니, 듣는 이에게만 들리는 오랜 기원의 휘파람

빗장도 없이 거룩한

  서울 입구 만남의 광장 지나는 고속도로 겨울 끝의 메타
세콰이아 가지가 앙상하다 서울로 서울로 가는 차량은 끝
이 없고 매캐한 냄새와 소음이 사방을 에울 텐데 나뭇가지
마다 집을 짓고 사는 생의 무리들

  나무는 한 채의 집을 모시고 살고 심지어 세 채의 집을
모시고도 살고 검은 둥지는 한 가족을 모시고 살고

  서울에도 숲이 있고 나무가 있는데 성 밖의 가난한 백성
처럼 오종종 외곽의 도로에서 겨울을 건너는,

  방음벽에 부딪쳤는지 해가 져도 돌아오지 않는 아비와
털을 뽑으며 새끼를 품는 어미의 집 서울에 진입하지 못한
채 회색 하늘을 배경으로 배고프다 목청껏 우는 새끼들의
성근 털은 칼바람을 맞으면서 촘촘해질까

  지독한 매연과 온갖 차량의 소음이 난무하여도 이승의
무게를 감당하는 나무의 의지를 배우며 집집마다 무럭무럭
자라는 어린 것들의 궁리 질주하는 도로 위에서 그래도 버

펴내는 빗장도 없이 거룩한, 지상의 단칸방

질문의 힘

검은 강을 건너온 밤이 있었다

열리지 않는 마음을 두드려 본
불안의 밤도 있었다

꽁꽁 언 날을 건너와
안으로 발화하는 침묵이라는 화두

시간은 무엇인가
안과 밖은 무엇인가
내려놓기까지 헤맨 하늘과 땅이 또 얼마던가

숱하게 던진 질문이 내려와 까만 꽃씨로
혹은 우주의 별처럼 반짝이다

묵상의 기도 올리는 저,
검은 입술

이 월 춘

- 1986년 무크 「지평」과 시집 『칠판지우개를 들고』로 등단
- 시집 『간절함의 가지 끝에 명자꽃이 핀다』 외 7권
- 시선집 『물굽이에 차를 세우고』
- 문학에세이 『모산만필』 산문집 『모산만필 2』
- 편저 『서양화가 유택렬과 흑백다방』 외
- 경상남도문화상, 경남문학상, 산해원문화상, 김달진창원문학상 외
- 현재 경남문학관 관장

강물같이 저물어 가느냐

모란이 질 때는
저 큰 달도
마음에 그늘을 드리우고
그대 가슴이 문을 닫을 때는
저렇게 높은 산도
구름으로 얼굴을 가렸지

물정物情 몰라 헤아리지 못한 정 두고
세상은 아무렇잖게 흘러만 가는데
풋내 나는 인연에 갇힌 나는
강물같이
그래 강물같이 저물어 가느냐

가을의 언저리에 서서

비에 젖은 나뭇잎을 본다
다시 살기 위한 몸 버림이 낙엽이지만
애수나 향수, 낭만을 연출한다지만
저 쓸쓸함과 처절함은 어쩔 수 없네

예순이 넘어 퇴직한 남자의 등에
비듬처럼 떨어져 쌓인 회한과
미생의 뇌리에 자리 잡은 허무감은
하나의 잎사귀 같은 생의 귀결 아닌가

기약도 없는 추락의 끝에 상투적 감각은
계절의 일상처럼 저만치 밀쳐두고
낙엽을 태우듯 커피를 끓인다

쌓이고 흩어지고 사라진 낙엽처럼
자연의 음향처럼 퍼지는 커피 향과 더불어
붉은 노을의 가을 편지를 써야겠네

건빵

오뉴월 말라버린 저수지의 배꼽에
잔챙이 물고기들이 모여 바글거린다

숨구멍이 단 두 개만 있다면
세상사 건너기가 한결 수월할까
덩치 있는 놈이거나 날쌘 놈들은
벌써 깊은 바닥으로 들어갔을 텐데

미숫가루를 풀어 시원하게 마시며
분통 두어 개 슬픔 몇 개는 뽑아내고
불안 몇 개는 다독이며 건너야지
간헐적 긴장과 아픔이 내리쬐는데

매사 다부지게 삶을 매조지하며
미소와 함께 다문다문 건너가는
마른 빵 같은 목마름 혹은 갈망

경화역

기차가 없는 역이라고
사람이 없을까
사랑이 없을까

있다가도 없고
없다가도 있는 경화역처럼
나는 누굴까 되묻는다

녹슨 철로 위를 서성이는 마음
봄바람에 흩날리는 벚꽃잎처럼
세상은 점점 아득해지는데

모든 존재는 주름이라
너와 나의 주름 속에
무한히 다른 모습을 안고 있다

누구의 아버지나 남편인
한 사람이
아담한 경화역처럼
고즈넉이 서 있다

까맣고 반짝이는 동그란 슬픔

덕유산 줄기를 오르다가 고라니 가족을 만났네
저쪽 어디선가 산사태가 난 줄 알았네
비탈에서 돌덩이를 만나 휩쓸려 내려왔나
깊고 높은 산 속에서 거대한 존재를 누르고
여기저기 돋아난 여린 풀싹을 뜯기만 했는데
세상은 언제나 추상의 덩어리였네

당신은 내 눈을 들여다보며 말했네
천연한 듯 안쓰럽지만 편안한 그윽함이라고
거포 좌타자가 나와도 오른손 투수를 기용하는
감독의 어깨에 내리쬐는 햇살처럼
차가워진 일상과 그 언어는 참 쉬웠네
혼자만 뜨거워 엉뚱한 말을 쏟아내도
속 빈 언어로 서로 말을 섞지 않는 나날들

까맣고 반짝이는 신비와 떨림 너머에
형용할 수 없는 세상의 가득한 슬픔이 보이네
부드럽고 따뜻한 입술 사이로
피는 꽃도 스러지는 꽃도 사람을 닮았네

계절 하나 보낼 때마다 산에 가서
까맣고 반짝이는 동그란 슬픔 만나고 싶네

노시니어존

40대였었지 나이트 클럽에 갔다가
문전박대를 당한 후 지금껏 가 본 적 없네
물 흐린다고 그랬지 아마

노키즈존이 말 많더니
노펫존, 노캣존에 이어
노시니어존이라네

그저께 동네 복지관에서
시니어 출입증을 발급받았지
물리치료실에서 안마의자도 하고
시니어클럽에서 운영하는 카페에서
일흔 넘은 선배를 만나
아이스 아메리카노도 마셨네

갈 데가 없네
서울처럼 공원도 없고
봐 줄 손자도 없네
아무리 세태가 그렇다 해도

건강한 커뮤니티는 아직일까
편견을 공론화하고 갈등을 부추기는
속 좁은 처사에 담배 생각 간절하네

느닷없는 생의 민낯

음식 씹으며 말하지 말고
식사 중에 물 마시면 곤란하다고
아버지의 곧추선 수염이 말씀하셨다
허리를 곧추세워 앉고
아무렇게나 한 끼 때우면 싸구려가 된다고
내키는 대로 굴면 길가 돌멩이가 웃는다고

어디에서나 목소리를 낮춰 대화하고
사람을 힐끔거리며 쳐다보면 삿된다며
조용히 서너 번 고개를 주억거리는 사람이
묵묵하고 엄격한 일상을 건너간다고

소리 없는 냉대와 부자연스러운 침묵에도
표정 하나 없이 견딜 만하다면
구부정한 등에 내려앉은 피로 따위야
먹이를 두고 다투는 참새떼처럼
대수롭지 않게 세월을 마주 안을 수 있다고

다른 사람의 영역을 함부로 짐작하거나 상상하면

나뭇잎조차 예민해지고 의심이 늘고
오해가 오해를 부르고 거짓말은 습관이 되지
사람을 죽인 적은 없지만 죽는 건 봤다며
쓸데없는 일에 스스로를 던져 주지는 않아
왼발을 들었다 놓으며 다시금 살아가는 생의 민낯

도무지

이전에는
기필코, 또는 반드시 또는 당연히 같은 어휘가 좋았다
그러다가 문득이나 도무지 같은 단어를 지나
그럴 수 있지나 그러라 그래가 잦아지고
습관적으로 내뱉는 시무룩한 생의 불가사의에
토를 달지 않는 내가 아무것도 모른다는 것을 알 때
훌쩍 뛰어들어 결심이 필요한 순간이 찾아온다
예측 가능한 실패와 그 너머의 놀라움이 있고
상상조차 해 본 적 없는 다름의 광대함이여
불과 물이 두려움을 이기고 서로에게 뛰어들어
무지개의 신세계로 나아갔던 것처럼*
잘못에 너무 큰 의미를 두지 말고 받아들이며
계획대로 되지 않는 모든 현상이 운運이라는 것
행운과 불운의 절묘한 공존에 불가항력은 없어
가볍게 서로 툭툭 던져가며 우연에 기대기도 하면
도무지 모르겠다는 마음에 어느 날 문득 온다
툭툭 토지문학관 뒷길에 밤송이가 떨어지듯 툭툭

*영화 엘리멘탈

124

무엇이 나를 데리고 가나

길가 버드나무 잎사귀들이
이유 없는 다정함을 흔들 때도
슬픔을 슬픔으로 맞설 수는 없지만
아픔은 다른 아픔으로 씻어낼 수 있으니
팔월에 눈이 내리는 마을을 꿈꾸었네

모르는 세상만큼 몰라도 되는 세계를 만나
따스한 겨드랑이쯤에 기대어
꺼져버린 스마트폰을 만지작거리며
과부하가 걸린 관계의 시간 사이에서
이렇게 뒹굴고 저렇게 밍기적거리네

최선을 다한 사냥의 시간은 접어놓고
일상의 페이지를 한꺼번에 넘겼네
모든 기억의 한가운데 시가 있고
눈처럼 맑은 순은의 마음 있으니
어떻게든 살아내는 처연함도 좋았네

물때

갯벌이 좋은 바닷가
해와 달이 주는
바다의 시간을 거스를 수 없어
예의를 갖추는 사람들

호미나 가래를 벼리기도 하지만
맨손 낙지잡이 윤씨는 다르다
따라 배웠지만 한 마리도 잡지 못한
일명 묻음낙지 어법漁法

바닷물이 적게 들고 적게 나는
조금 물때를 기다려
낙지와 인간의 交遊를 시작한다
맨손잡이 어업

금어기가 끝나면
어민과 물새와 갯벌 생물이 공존하는데
죽어도 삼뱅이라는 쏨뱅이탕에 소주 한잔
둘인 듯 한 몸인 갯벌 노동의 선물

세상사 모두 때가 있는 법

먹고 사는 일에도

하늘이 주는 순한 말씀이 있어

오늘도 갯가 사람들 물때를 기다린다

| 해설 |

어깨가 기우는 나이의 시들

성 선 경(시인)

시문학연구회 [하로동선]이 결성된 지가 올해로 꼭 십 년이다. 십 년이면 강산도 변한다는데 참으로 많은 것들이 바뀌었다. 오십대들이 중심이었는데 이젠 이들이 다 육십대의 중늙은이가 되었다. 십 년을 지나는 동안 세상도 많이 바뀌었고 [하로동선] 멤버들의 시도 많은 변화를 보이고 있다. 올해는 우리 [하로동선] 멤버 중 유일한 사십대인 이강휘 시인이 개인사정으로 한 해를 쉬게 되어, 어쩌다보니 다들 육십대 멤버들의 시로 채워지게 되었다. 이 육십대의 시인들이 나이 듦을 어떻게 대하고 있으며 어떻게 바라보고 있는지를 살펴보는 것도 좋을 듯싶다.

머리 목 어깨 등

왼쪽이 아프다
오른쪽은 괜찮은데 왼쪽이 아프다

왼쪽 생각 가슴 뇌
모로 누운 왼쪽 꿈

왼쪽이 아프니 이빨도 아픈가
이빨이 아프니 말도 아픈가
왜 아픈지 물어볼 수도 없다
　　　－김시탁 「왼쪽이 아프다」 (전문)

　오른쪽과 왼쪽을 대비하여 노래한 「왼쪽이 아프다」는 이와 짝을 이루는 「오른쪽도 아프다」에서 "왼쪽이 아프니 오른쪽도 아프다/ 멀쩡하던 오른쪽도 쑤신다// 오른쪽만 보고/오른손만 쓰고/ 오른쪽으로만 누워 잤더니/ 오른쪽도 저리고 아프다"고 노래하고 있다.

　분별하고, 편 가르고, 나누어서 생각하는, 현재 지금의 세태를 꼬집어 '아프다'라고 말하고 있다. 지금 현재의 분별적 사고는 정상이 아니다. '왼쪽'만 아픈 것이 아니고 '오른쪽'도 아프다. 그러니까 현재의 세태는 '아픈 것'이다.

　김시탁 시인이 [하로동선] 4집에서 쓴 시를 한 편 읽어 보면 "공사장 철근공 박 씨/ 인력사무소에서 돌아와/ 콩

나물 국밥집에서 국밥을 먹는다....(중략)...... 스펄 스펄 욕으로 끓는/ 뚝배기 속 국밥은 참/ 더럽게 뜨겁다// 뜨거워서 고맙다.”「실업」 (부분) 라고 노래하여 건강한 노동과 그 노동을 이겨낸 젊음에 대한 뜨거움이 뚝배기 국밥처럼 끓고 있다.

　세상에 대한 분노는 그때나 지금이나 다름없지만 지금처럼 체념의 세계에는 빠지지 않았다. 그러나 「왼쪽이 아프다」에서는 시인의 토로처럼 “왜 아픈지 물어볼 수도 없다”라며 체념하고 있다.

　　　　앞서간 누군가가 피워놓은
　　　　연기 같은 길과
　　　　아무도 가지 않은
　　　　안개 같은 길

　　　　한쪽은 막막하고
　　　　다른 쪽은 막연하다

　　　　출구는 보이지 않고
　　　　지나온 입구는 닫힌
　　　　흐릿한 두 갈래 길 위

　　　　아직 별바라기도 해바라기도 되지 못한 채

알리바이 성립되지 않는 계략같이

기다려도 오지 않을 것과

반기지 않아도 기어이 오고야 마는

낯설거나 어색한 사이에

자꾸 우두커니 놓이는

황사와 일교차에 지쳐

어스름 녘 노을만 붉은

춘분 무렵

　　－김일태 「이순耳順의 시간」 (전문)

　김일태 시인의 「이순耳順의 시간」은 "낯설거나 어색"하
다. "한쪽은 막막하고/ 다른 쪽은 막연하다" 김일태 시인
이 [하로동선] 1집에 쓴 「둥글어진다는 것」을 한 번 보자.
여기에서 김일태 시인은 "둥글다는 것은 세월의 상형/ 무
뎌가는 요령으로 오랜 시간 건너온/ 냇가의 몽돌을 보
라// 서로 겨냥할 때는 상처를 주다가도/ 쉬이 얽혀 벽 만
들고 울타리도 짓는 모난 것들/ 철없다 치부하며/ 둥글둥
글 독거獨居를 채비하는 저 둥근 것들"이라고 노래했던 시
인은 이제 "출구는 보이지 않고/ 지나온 입구는 닫힌/ 흐
릿한 두 갈래 길 위"에 서있다. "낯설거나 어색한 사이에/
자꾸 우두커니 놓이는" 나이에 서있다.

앞의 시 「둥글어진다는 것」에서 "누구에게나 막무가내
로 겨누었던 날 뭉그러지고/ 적막으로 두루뭉수리 해져
가는/ 예정된 이 행로"라고 나이 듦을 원숙의 경지로 가
는 행로임을 노래했던 시인은 이제 "기다려도 오지 않을
것과/ 반기지 않아도 기어이 오고야 마는/ 낯설거나 어색
한 사이에" 우두커니 놓여 망연해 한다. 이것이 「이순耳順
의 시간」이다.

　　　　고무 대야의 물로 어린 새가 떨어졌다

　　　　무엇인가에 쫓기고 있는 것일까

　　　　뛰어, 뛰라니까

　　　　날아 봐, 날아 보라니까

　　　　담장 나뭇가지에서 마중물 기다리는 녹슨 펌프 향해

　　　　죽지 않으면 까무라치겠지

　　　　폭염 속 계곡은 투명 유리 같았고

　　　　나무 그늘 사이로 비추는 햇빛 콕콕 찌르는 친구들

　　　　물웅덩이는 벽처럼 아프게 끌어안았다

　　　　손바닥 위에서 새의 심박수를 듣는다

　　　　머리가 하해지도록 입안 돌아 나오는 물

　　　　무엇인지 모를 두려움이 쿵쾅거리고

　　　　추위가 몰려와 떨고 있었어

　　　　담벼락 위 날아다니며 짖어대는 어미 새

　　　　수건으로 물기를 닦는 동안

정지된 듯한 호흡의 끈으로 눈을 감고

나무 그늘에서 숨 고르니

살았어, 살아났네

낭떠러지로 풍덩하던 물의 파편들

수면제처럼 졸음이 밀려왔다

부채 바람으로 체온을 넘기며

천지신명께 밤마다 올리던 정한수 한 사발

마르고 닳아서 빈 하늘 덩그러니

장독대에 정성껏 올려놓는다

뜨거운 햇빛은 물에 대한 두려움 증발시키고

조금씩 발을 떼는 곳마다 찍찍 찍찍

장독대를 벗어나지 못하는 날갯짓

안쓰럽게 바라보는 눈빛도 다시 놀라고

나무울타리에 올려놓는다

어미 두 마리 나뭇가지 흔들며 소리치고

짖어대는 소리로 살아있음을 확인하는

어머니, 눈물이 난단다.

　　　 –민창홍 「물에 대한 기억」 (전문)

"고무 대야의 물로 어린 새가" 떨어진 것을 보고 물에
대한 상념을 토로한 민창홍 시인의 「물에 대한 기억」은
"어미 두 마리 나뭇가지 흔들며 소리치고/ 짖어대는 소리
로 살아있음을 확인하는/ 어머니, 눈물이 난단다"로 끝을

맺는다. 세상의 모든 기원과 기도의 끝이 감사이듯이 모든 생명은 가엽고 안쓰럽고 눈물이 난다.

민창홍 시인이 [하로동선] 1집에 쓴 「영락영배」를 보면 "환호하는 잔 둘레 달개 장식/ 천 년 전 장군의 호령에 군기든 병사처럼 흔들리고/ 개선장군 맞이하는 왕은 취한다/ 기쁨은 가득 부어도 비어 있는 것인가/ 승리를 부어 흔들었을 그 날의 왕궁/ 거실에 와 있다" 노래했던 시인은 앞의 시 「물에 대한 기억」에서는 "천지신명께 밤마다 올리던 정한수 한 사발/ 마르고 닳아서 빈 하늘 덩그러니/ 장독대에 정성껏 올려놓는다"며 어머니의 간절한 기원이던 정한수의 기억을 소환하며 과거의 시간대로 거슬러 올라가고 있다.

앞의 시 「영락영배」에서 개선장군같이 호기롭던 정서가 「물에 대한 기억」에서는 "장독대를 벗어나지 못하는 날갯짓/ 안쓰럽게 바라보는 눈빛도 다시 놀라고" 마는 어머니의 시간대로 간절해지고 있다.

불만을 말해 봐 계속해서 떠는 불안정한 네 정체를 들켜 봐 나는 그토록 많은 부유물에 순간 깜짝 놀라 줄 테니 호흡을 참고 잠깐 인상을 찌푸려 줄 테니

도무지 어울리지 않는 겨울사막과 사흘 째 퍼붓는 아프리카의 홍수에 기가 막히는 것보다 어느 날 갑자기 나타난 수

북한 네 두께와 측정할 수 없는 무게 사이에서, 특정해야 하는 존재라는 합리적 의심 사이에서, 너는 미필적 고의를 끝까지 부정하는군 그 무엇도 아닌 채로 있는 듯 없는 듯 그러나 어디에나 아무 때나 있어 왔다는 사실 때문에

　불편해, 너!
　　　－이기영 「먼지」 (전문)

　이기영 시인의 위의 시 「먼지」에서 주된 정서는 "불편해, 너!"이다. 아무 것도 아닌 '먼지'에게 자신의 마음을 투영해 "불만을 말해 봐 계속해서 떠는 불안정한 네 정체를 들켜 봐"라고 호통을 치고 있다. 정말 아무 것도 아닌 '먼지'에게.

　"사흘 째 퍼붓는 아프리카의 홍수에 기가 막히는 것보다 어느 날 갑자기 나타난 수북한 네 두께와 측정할 수 없는 무게 사이에서" "그러나 어디에나 아무 때나 있어 왔다는 사실 때문에" 불편해 한다. 정말 아무 것도 아닌 '먼지' 때문에.

　이기영 시인이 [하로동선] 4집에 쓴 「수면안대」를 보면 사소한 것들에 대한 대면 태도가 얼마나 바뀌었는지를 느끼게 된다. 이기영 시인은 「수면안대」에서 "네가 좋아한 고양이,/ 네가 문 앞에 그려놓은 쇠비름꽃,/ 네가 가지고 떠나버린 헐렁한 연민을// 무덤을 도굴하는 심정으로 꺼

내보았다"고 노래했다.

　'수면안대'를 차고 도굴하는 심정으로 과거를 꺼내보였던 시인은 시 「먼지」에서는 "특정해야 하는 존재라는 합리적 의심 사이에서, 너는 미필적 고의를 끝까지 부정하는" '먼지'에게 고함만 지르며, '수면안대'에서처럼 폐기처분도 하지 못하고 오직 "불편해, 너!"가 마음의 전부이다. 무덤을 도굴하는 심정을 가졌던 시인이.

　　　저녁의 마지막 노을을 보며
　　　아흔 두 해를 사셨던 할아버지의
　　　마고자를 생각한다, 마고자의
　　　붉고 붉은 호박단추를 생각한다
　　　호박은 나무에서 나온 수액이 굳어져 되는데
　　　수액이 굳어 호박이 되기까지는 대략 천 년
　　　나는 지금 천 년의 시간을 보고 있는 것이다
　　　아흔 두 해를 사셨던 할아버지의 생애
　　　수액이 굳어 호박이 되기까지와 비슷해
　　　호박은 그 형성 과정에서 곤충이나 식물의 잎이
　　　그대로 굳어진 생물 화석도 있다는데
　　　그래서 고생물학 연구에도 쓰인다는데
　　　대한제국 일제식민지 한국동란 피눈물
　　　할아버지의 아흔 두 해는 지금 호박 속 구름이다
　　　붉게 물들어 서녘을 다 덮는 구름이다

을사조약 강제 징용 피난살이 허리 굽은 가난

어쩜 저 호박빛 구름도 한 생애를 품고 있으리라

물먹은 소금처럼 무거운 저녁

노을, 살아서 막 움직인다

눈시울 붉다.

　　　－성선경 「호박琥珀」 (전문)

시 「호박琥珀」에서 성선경 시인은 붉은색 이미지를 중심
으로 시상을 풀어간다. 할아버지 마고자의 호박단추의 붉
음과 저녁노을의 붉음과 누시울이 붉어짐이 중심축을 이
룬다. 이는 할아버지의 마고자 호박단추로 촉발된 것인데
여기서 할아버지가 겪어야 했던 현대사의 아픔이 붉게 물
들어 있다.

"대한제국 일제식민지 한국동란 피눈물/ 할아버지의 아
흔 두 해는 지금 호박 속 구름이다/ 붉게 물들어 서녘을
다 덮는 구름이다/ 을사조약 강제 징용 피난살이 허리 굽
은 가난/ 어쩜 저 호박빛 구름도 한 생애를 품고 있으리
라"고 노래했다.

성선경 시인이 [하로동선] 1집에 쓴 「호박잎 다섯 장-
민달팽이」를 보면 "오체투지로 민달팽이가 간다/ 성지聖地
가 어디인지 안다는 듯/ 곧장 간다.// 호박잎 한 장 걸치
지 않은 채/ 온몸을 땅에 붙이고 간다."라고 쓰고 있다.

온몸으로 호박잎 한 장 걸치지 않은 채 현실을 밀고 갔

던 시인이 이제는 할아버지의 마고자 호박단추를 보며
"눈시울 붉다." 그리하여 "할아버지의 아흔 두 해는 지금
호박 속 구름이다"라는 사실을 깨닫는 나이가 되었다.

긍게 제대로 된
갓 하나 만들라치믄

첨부터 요노무 트집, 트집을 잘 잡아야 허는 거여. 멀쩡한
사람 곤죽 만드는 생트집이 아니라, 멋거리 진 갓 하나 붙들
어맬라치믄 평민갓이든 진사립이든 일단은 양태를 단단히
잡아야 허는데, 이 지난한 공력 멕이는 일이 그리 쉬울관대.
애초에 무녀리나 얼간망둥이 같은 놈한테 배우다 보믄 산통
다 깨지고 마니, 시방 이 모양 원만히 익히려믄 암만, 선생
같은 선생을 만나야지. 대나무실 가닥가닥 곱사리 끼워 엮은
후, 감쪽같이 둥근 틀 우에 갓 모양 잡는 일이 바로 트집잡
기란 말씀, 여기서 삐긋하믄 이도 저도 아무것도 안 되니 한
몇 년 죽었다 하고 혼불 지필 각오나 하더라고.

후회할
생각 들거들랑
당장에 그만두든가.
　　　　－이달균 「트집잡기-난중일기 43」 (전문)

이달균 시인의 시조 「트집잡기–난중일기 43」은 통영갓 만들기에 대한 얘기다. 이달균 시인은 통영에서 십여 년을 생활 했다. 이 통영 생활 십여 년 동안 이달균 시인은 시도 많이 유장해졌고 새로운 시조에 대한 시도도 많이 했다.

이달균 「트집잡기–난중일기 43」도 그 흐름이 매우 유장하며 리듬이 살아있고 풀어가는 사설도 호방하다. 특히 시어 가운데 통영의 사투리를 섞어 한 호흡 쉬어가게 시에 여백을 준다. 우리가 흔히 사용하는 '트집'이라는 말의 어원을 밝혀 그 재미를 더한다.

이달균 시인이 [하로동선] 1집에 쓴 「일간 스포츠」라는 시를 보면 상가에서 '일간 스포츠' 신문을 읽는 이야기를 쓰고 있다. "왜 하필 거기서 미망인의 상복喪服이/ 잘 어울린다 생각했을까// 친구들은 포커, 난 무심히 박찬호를 읽는다./ 상가에서도 메이저리그의 고군분투는 감동적이다." 라고 노래하며, 현실을 "살아온 패와 손에 쥔 패를 비교하면서" "연봉이 영웅을 정의하는 시대"라고 규정하고 있다.

이달균 시인은 시와 시조를 병행하여 창작하며 좋은 시를 많이 썼다. 위의 시조 「트집잡기–난중일기 43」도 최근작으로 매우 빼어난 수작의 시조이다.

지도에도 없는 길이 물속으로 이어졌다

그 길을 따라 아버지가 돌아왔다
아버지의 손을 잡고 걸었던 기억이
강의 기슭에서 흔들거렸다

애야, 불을 켜자꾸나

야맹증의 나는 더듬더듬 성냥을 찾았다
아버지가 성냥을 긋고 초를 밝히면
유황 냄새를 맡은 어린 내가
일렁거리는 촛불 아래 가만히 엎드려
정전이 오래갔으면 하고
마루에 올라서는 달빛을 보았다

아버지가 사라진 후
이젠 딸의 손을 잡은 내가
달 그늘을 짚으며 강가를 걷는다
강의 기슭까지 이어지는 달빛의 생각
새들의 둥지에 온기를 채우는 깊고 먼 파장

하찮은 생이라도 살아있는 것에 스미는
저 달의 온도.
　　　　－이서린 「달의 온도」 (전문)

시 「달의 온도」에서 이서린 시인은 "하찮은 생이라도 살아있는 것에 스미는/ 저 달의 온도."라고 쓴다. 필자는 '살아 있는 것'이라는 말에 주목한다. 달의 온도는 살아 있는 것에서 측정된다. 아무리 '하찮은 생'일지라도 살아 있어야만 스미는 달의 온도.

달은 내가 살아있음으로 나를 이끈다. "지도에도 없는 길이 물속으로 이어졌다/ 그 길을 따라 아버지가 돌아왔다/ 아버지의 손을 잡고 걸었던 기억이/ 강의 기슭에서 흔"들고 있다. 이것은 나의 살아있음으로 가능한 일이다.

이러한 '달의 온도'는 또 이렇게 이어지리라. "아버지가 사라진 후/ 이젠 딸의 손을 잡은 내가/ 달 그늘을 짚으며 강가를 걷는다/ 강의 기슭까지 이어지는 달빛의 생각/ 새들의 둥지에 온기를 채우는 깊고 먼 파장"이 대대로 이어지리라. 살아있음으로 끝끝내 이어지리라.

이서린 시인이 [하로동선] 2집에 쓴 「그대가 나에게 올 때」라는 시를 보면 "출렁, 그대가 온다"라고 썼다. "네거리 교차로 횡단보도 너머/ 와르르 쏟아지는 사람들 사이/ 솟아났다 가라앉다 수차례/ 그대가 땅속을 몇 번 들어갔다 나왔는지 나는 감지만 할 뿐" 출렁, 하고 그대가 온다. "기우뚱 내려가는 어깨의 깊이로" 출렁 그대가 온다. 그렇게 쓴지가 벌써 십 년.

비에 젖은 나뭇잎을 본다

다시 살기 위한 몸 버림이 낙엽이지만
애수나 향수, 낭만을 연출한다지만
저 쓸쓸함과 처절함은 어쩔 수 없네

예순이 넘어 퇴직한 남자의 등에
비듬처럼 떨어져 쌓인 회한과
미생의 뇌리에 자리 잡은 허무감은
하나의 잎사귀 같은 생의 귀결 아닌가

기약도 없는 추락의 끝에 상투적 감각은
계절의 일상처럼 저만치 밀쳐두고
낙엽을 태우듯 커피를 끓인다

쌓이고 흩어지고 사라진 낙엽처럼
자연의 음향처럼 퍼지는 커피 향과 더불어
붉은 노을의 가을 편지를 써야겠네
　　　－이월춘 「가을의 언저리에 서서」 (전문)

　　노드롭 프라이는 그의 저서 『비평의 해부』에서 가을은
신神의 죽음이라고 명명했다. 그래서 가을은 쓸쓸하고 황
량한 계절이라 말했다. 이월춘 시인의 시 「가을의 언저리
에 서서」는 그러한 가을의 허무한 모습을 전형적으로 보
여준다. 그래서 "예순이 넘어 퇴직한 남자의 등에/ 비듬처

림 떨어져 쌓인 회한과/ 미생의 뇌리에 자리 잡은 허무감은/ 하나의 잎사귀 같은 생의 귀결 아닌가" 하고 회한에 젖는다.

이월춘 시인이 [하로동선] 1집에 쓴 「물굽이에 차를 세우고」라는 시를 보면 나이 듦에 대한 회한은 이미 오래전에 인식된 것으로 보인다. "돌이킬 수 없는 시간이 강을 건너가고 있네/ 산 너머 세상의 언어는 사전 속에 묻어두고/ 굳어버린 어깨를 흔들며 강둑의 푸른 마음을 따라가기로 했네"라고 노래하고 있다. 또한 "너무 늦게 차를 세운 게 아닌가 후회도 하지만/ 무엇이 내게 하늘 한 자락 허락하지 않았는지/ 잘못 앉은 내 삶의 여독"이라고 회한에 젖고 있다. 그러나 다음 구절에서 "깊은 절망의 강을 건너/ 저렸던 몸을 부르르 한 번 떨면/ 슬픈 노래도 행복한 귀로 들을 수 있는 나이가 되었네"라며 긍정적 인식에 도달한다.

사람은 누구나 늙는다. 어떤 이도 이 자연의 질서를 피해갈 수 없다. "비에 젖은 나뭇잎이" "애수나 향수, 낭만을 연출"하는 것은 이미 오래된 상징이며, "저 쓸쓸함과 처절함은 어쩔 수 없"는 것이기도 하다.

시문학연구회 [하로동선]이 결성된 지 벌써 십 년, 너무 조급히 달려왔는지, 앞만 보고 왔는지 지나온 십 년이 실감 나지 않는다. 지난 시절 펴낸 동인지를 펼쳐 다시금 첫 마음들을 한 번 더듬어 보았다. 참 치열하게 살아왔다고 생각하지만 그래도 드는 회한은 어쩔 수 없다. 다시 지팡이를 고쳐 잡고 신발끈을 단단히 조여매야 하리라. 다시 다가올 십 년은 좀 더 새롭고 의미 있는 시간이기를 바라본다. 저 언덕까지 닿기를, 너무 늦지 않기를 빈다.